KB220732

갈매기는
나뭇가지에
앉지 않는다

이 오 장 시 집

갈매기는
나뭇가지에
앉지 않는다

스타북스

22번째 말그네를 탄다

탈 때마다 어지럽고

올라가는 높이와 내려가는 깊이를 재보지만

아직 잣대 하나를 만들지 못했다

백두산 한라산 에베레스트산 높이를 알면서

시의 높이를 모른다

그만큼 깊고 높다는 것

누구는 말부림이라 하고

누구는 말장난이라고 하지만

내게는 삶에 모든 것이므로

말그네를 탈 수밖에 없고

읽는 이가 말부림이라 해도 고개 끄떡일 수밖에

갈매기는 나뭇가지에 앉지 않는다는 삶의 셈법과

삶을 위해 불끈 움켜쥔 샅바를 챙기면서도

산다는 의미는 늘 마당놀이와 같다

찍은 좌표는 까치발이 지워버리고

중심을 잃는 시간의 줄타기

깃털을 바로 세워 날아갈 방향을 찾아서

한 번 더 계단을 오른다

목차

3

4

I

삶의 언저리

단풍잎 한 장에는
365일 햇살의 무게가 들었겠지
싹트기 전의 봄빛이나
잠 못 든 겨울의 인고는 셈할 게 없이
기울어졌던 석양과 비 오는 날의 채색을
가득 품을 수 있다면
계절의 무게를 아는 거겠지
마지막이라고 보냈던 것은 항상 새로웠지
떠나보낸 뒤에는 반드시 또 왔으니까
그게 새것인지를 몰랐을 뿐
인연은 그렇게 시작되었어
지나가고 찾아들고 또 보내고
겨울바람 앞에 섰을 때 비로소 알게 되지
시간은 멈추지 않는다는 것을
그게 짊어져야 할 무게라는 것도
몇 번의 단풍이 지나가고
그걸 헤아리는 것은 한참 뒤

손꼽아보는 숫자가 쌓였을 때야
올해도 단풍은 멋지게 들었네
다시 한 살을 더하는 삶의 언저리
가운데에 발을 들여놓아도
단풍 색깔은 초록이 되지 않겠지

달의 크기

가까울수록 더 크게 보였어

자꾸 다가들었지

코앞까지 얼굴 들이밀었는데

갑자기 사라진 너

더 크게 뜬 눈으로 머리 들어보니

너는 거기 있었지

가깝다고 전부 보이는 건 아니었어

가끔은 떨어져서 바라보고

보이지 않게 멀리 떨어져야

그리움이 쌓인다는 걸 달에서 읽었어

보고 싶음이 쌓여가는 시간에는

아무것도 보이지 않고

눈망울에 박힌 얼굴만 떠올랐어

잡힐 듯 멀어지고

멀어졌다 다가서는 네 모습

지구 둘레의 빛이 전부 모여들어

네 얼굴만 비췄지

그때야 비로소 알았지

멀어지나 가까워지나

크기는 달라지지 않는다는 것을

계수나무

최고의 달이 뜬다는 소식에
계수나무 묘목을 샀다
뿌리와 잎에 물 적셔
백지로 곱게 싸 토방에 올려놓고
석양에 젖어 드는 마루에 누웠다
어둠이 짙어가며 서서히 떠오른 달
울타리 참죽나무 가지에 걸렸다가
순간 뿌리치고 솟아오른다
앞집 지붕에 오르는 순간 심으려고
삽과 호미 챙겨 양말을 벗는다
점점 가까워지고 손에 잡힐 듯
마당에 내려선다
누워서 볼 때와는 다른 거리
밝기에 비해 너무 멀다
묘목에 어린 그림자 짙어진 만큼
휘영청 높이 뜨는 달
그 옛날 선비는 어떻게 나무 심었을까

풀었던 백지 다시 싸매어
마당 가에 삽을 꽂았더니
삽자루 사이로 들어온 달빛이
삼각 틀로 마당에 퍼져 가운데 멈춘다
그 자리에 계수나무를 심고
둥둥 떠가는 달을 묶었다
지금부터 꾸는 꿈은 향기가 짙어
동네 사람들 전부 모여들겠다

위고비

당신이 사흘 굶었다면

가장 시급한 일은 먹는 것이지요

굶어 죽는다면

귀신도 쳐다보지 않는 수치

날마다 먹는 건 죽지 않기 위해서죠

이젠 굶는 사람이 없는 낙원이 됐습니다

너무 먹어 탈이 나는 세상

우리는 그런 천국을 이뤄냈습니다

살이 너무 많이 쪄서 땅이 꺼지고

넘친 숨결로 나무가 죽는 세상입니다

배고파 죽는 사람이 없는데

많이 먹어 죽는다면

그런 부끄러움이 어디 있을까요

국회가 그렇습니다

오천만 인구에 삼백 명의 국회의원이라니

많아도 너무 많습니다

굶어 죽는 사람의 부끄럼보다

배 터져 죽는다면 그런 치욕이 없는데
의원 숫자는 세계인의 조롱거리
새로운 신약 위고비는
국회의원에게 시급한 특효약입니다
국민의 성금을 모아 위고비를 구입합시다
대한민국에 가장 시급한 일은
국회의원 줄여 국민이 웃는 일입니다

대화

너의 십 분의 일도 못 살았지만

팔백 년 전의 숨결을 느끼지

짧은 내 삶에 너는 미래로 가는 동반자

과거를 알게 하는 스승

말 한마디 없이 가르침을 주지

바람의 색깔과 비의 향기

시간을 붙들 수 있는 끈기와

하늘을 읽어내는 지혜를 주는 은행나무

둥치부터 꼭대기까지

울타리에서 그늘 끝까지

네가 그린 꿈은 모두가 경전

밟고 가는 걸음들이 눈치를 채지 못하지

어느 날 갈갈거리는 까치 소리가

글 읽는 소리로 들리고

너의 그림자 밑으로 찾아들었지

그때부터였지

조금씩 철들어간다는 격려가 들렸어

그게 너의 목소리라는 걸 알기까지는
소나기 속을 수없이 걸은 뒤였어
말문 열고부터 깨달았지
주고받지 않아도 그리워지면 대화하라고
날마다 찾아와도 손들어주는 너는
유일한 친구 너만큼 나도 살겠지

축제의 서막

축제의 시작은
마지막을 전제로 이뤄진다
떨어지는 나뭇잎
새로 돋아나는 새싹도
끝나는 곳이 없다면 출발하지 않는다
동시에 일어나는 것은 천둥과 번개뿐
늦게 도착한 소리는 뒷소리가 아니다
죽음이 두렵다면 태어남도 두려운 것
첫울음이 두렵지 않았는데
떠나가는 것이 두려울까
걸음의 시작에서 끝이 보이지 않아도
종착점은 반드시 정해져 있다
가다가 쉬는 자리에 남긴 미련이
마지막 숨결에 똬리 튼다면
그때까지 이룬 것을 잊히는 것
나뭇잎이 손 놓은 자리에는
반드시 내일의 약속이 있다

시작의 축제는 미래의 축복이 아니다
생명을 이어갈 낙엽 앞에 춤마당 펼쳐
죽음의 장막을 거둬라
삶에 마지막은 없다

아름다운 인생

새잎 나고 푸르렀다

단풍잎 떨어지는 장면을

73번째 보고 있으면서

죽음을 두려워하는 건 무슨 이유인가

보이지 않는 저쪽을 누가 보았는지

알 수 없어 두려운 것일까

누구나 가야 할 그곳으로 스스로 간다면

어둠 없이 반겨줄 누가 있을까

한 걸음이면 여기를 벗어나

새로운 세상으로 간다는데

가는 문이 어딘지 알 수가 없는 걸까

용기는 두려움을 모른다는 것

두려움 없다면 그 무엇도 이룰 수 있는 것을

모르는 사람 없는 세상에

용기 있는 걸음은 얼마나 될까

삶은 스스로 얻은 것이 아니므로

스스로 버릴 수 없지

오직 생명을 준 손에서 거둬지는 것이지
오늘 하루 더 살면 내일이 있고
그다음 내일을 위해 그렇게 살아야겠지
삶은 힘들어도 인생은 아름다우니까

사랑의 무게

정육점 전자저울에
곧게 편 오른손 검지를 올려보니
구십 그램
널 가리키는 손가락 무게가
이것밖에 안 됐을까
산봉우리에 올라 구름 가리킬 때도
손이 무거워 들지 못했고
고구마 한 상자를 번쩍 들었는데
백 그램도 되지 않는 손가락
이만큼이 내 사랑의 무게였나
생명 끝날 때까지 함께 하며
어떤 고난도 이겨내리라는 결심인데
이런 무게라면 견딜 수 있을까
다섯 손가락을 대표하는 검지가
해와 달, 별과 은하수를 가리키다
차곡차곡 쌓은 무게가 사랑만큼일까
지긋이 눌러보니 오 킬로그램

눈금 표시를 벗어나는 무거움
아하 그렇지
사랑은 영혼의 결정체
무게로 판단하는 바위가 아니지
왼손으로 곱게 검지를 쥐고
가볍게 저울에서 들어 올린다

낙엽을 밟으며

어린이 놀이터에 떨어진 낙엽과
노인정 마당에 날리는 낙엽이
같은 모양 같은 색상으로 뒹구는 아침
구름 없는 하늘빛도 어제와 다르지 않다
날마다 태양을 보고
숲과 꽃을 보며 산다는 것은
얼마나 위대한 일이냐
지나간 것은 지나가는 것으로
오는 것은 오는 대로 받아드리며 살아도
하루의 태양과 한 생의 삶은
영원히 변하지 않는 진리
설혹 누가 있어 뒤집어놔도 믿지 않지
뛰노는 아이들 누워있는 어른들의 차이는
햇빛양으로 벌어지지만
짊어진 무게는 다르지 않고
땅 위에 펼쳐진 그림 크기는 다를 수 없지
모래 위의 낙엽이나 돌판 위의 낙엽

밟혀 부서지는 소리가 다르게 들리는 건
포용하지 못하는 이기심 때문
옳고 그름의 판단은 남에게 맡겨야지
또 한 번의 나뭇잎이 떨어지는 가을
그만큼 보고도 뜻을 모른다면 되겠는가
한 움큼 쥐고 올려다본 하늘이 맑다

징검다리 자리

초록 징검다리 건너가는
바람의 뒤를
구멍 난 가슴으로 따라간다
골짜기 내려갈 땐 비틀비틀
산등성이 넘어갈 땐 헉헉대다
꼭대기에 올라 가슴을 펴고
한 줌 잡힌 구름으로 메꾼
하얗게 그어진 흉터
지나온 길 빠짐없이 새겨진다
등불 밝혀 들고 더듬었고
가마 위에서도 흔들린 삶
앞서간 사람들은 보이지 않는다
이제 내려갈 시간
밀어줄 바람은 벌써 지나가
초록빛만 남은 징검다리 자리에
걸음마다 지나온 삶의 빛깔이
어둡기만 하다

축제

한 생을 주고 입은 색깔로
우리는 춤을 춘다
구름 비켜나고
햇살만 오라
춤사위에 밀려나는 바람으로
어깨 부딪쳐 흥겹다
낮게 깔린 무대 위에
납작 엎드린 슬픔
떨켜를 붙든 생에 미련은 없다
가는 길이 있다면
되돌아오는 길도 열리는 것
순간으로 접어 그린
허공의 그림 기억하지 않겠다
떠나가는 소리 귓속에 담지 마라
보이는 그대로의 참모습으로
흥 넘친 마지막 춤은
봄이 오면 가지에 내걸린다

감 떨어졌다

털퍼덕 짓이겨진 감

구둣발에 밟혀 끈적거리는 감

까치가 먹다 남긴 감

가지에 붙어 말라버린 감

형사의 매서운 직감

증권거래소 딜러의 송곳감

자동차 안전운전 불감

가수의 절대음감

울지 못해 눈감은 남자의 청감

회초리든 부모의 촉감

아내의 육감

배고픈 아이의 미감

점술가의 예감

정치인의 미래감

코로나바이러스 침입으로

횡설수설 설왕설래 우왕좌왕

여기저기 떨어져 휘날린다

관절통

관절통을 팝니다
무릎 어깨 발가락 통증이
최고로 저렴합니다
척추협착증 근육통은 매진
오전에 다 팔렸습니다
기부는 하지 않습니다
대등한 것과는 교환이 됩니다
어서 오세요
사람들 전부 가진 건 아닙니다
오래 산 고목에 상처가 많고
큰 바위 색이 더 검지요
삶의 증거를 남기고 싶다면
아주 싸게 드립니다
이제 딱 하나 남았습니다
발가락 관절통입니다

돈대

지켜야 돈
놓치면 쓰레기다
광성보 용두돈대 방호벽 넘어
바위자락 물 잠긴 데까지 내려간
소나무 소사나무 아카시나무
손잡고 고깃길 살핀다
밀물 소리 귀에 담아
첨병의 봉화탑에 올리고
썰물 소리 눈으로 옮겨
관측소 망원경에 보낸다
헤엄치는 암초가 일으킨 물살에
낚시하는 사람들은
얼마나 많은 고기를 낚았을까
빈 바구니 털어낸 돌바닥에
낙엽 몇 장 뒹굴고
느릅나무 가지에 노박덩굴 매달렸다
놓친 고기가 크다

낚싯대 부러트린 건 바위자락 콧대
밤샘하며 지켰던 보초병은
낚시꾼 뒤에서 굳었고
활어 수송차의 대기시간은 지루하다
손에 쥐어야 돈이다

선거

돌에서 쌀을 고를까
쌀에서 돌을 고를까
한라산에 가자
조릿대공덕비를 읽어보고
낭창한 조릿대 꺾어다가
조리를 만들자
겉은 빛나지만 속이 썩은 놈
겉과 속이 다 썩은 놈
너무 작아 쓸모없는 놈
비뚤비뚤 비틀어진 놈
한쪽으로 기울어진 놈
까도 까도 속이 보이지 않는 놈
뒤집어 봐도 속이 없는 놈
말 많아 귀가 얇은 놈
말없이 귀만 큰 놈
맑은 물에 씻어 너울너울 조리질
잡것은 갈앉히고 진짜만 띄우자

쌀에서 돌을 고르자
빛나는 진주를 찾자

초분

떠돌던 구름이 산에 닿아
생을 다하여 비를 내리면
풍족해진 산천에 꽃이 피고

활짝 핀 꽃들이 벌 나비 만나
열매 맺어 익으면
살아 있는 것들의 목숨 살린다

천년만년 바람 잡던 나무들도
뿌리 내린 흙의 정기가 다하면
화석으로 땅의 역사를 쓰는 것

자연 속에 깃든 삶이
어디에 뿌려져 이름 지운다면
얼마나 큰 축복인가

초분에 덮인 주검은

풍장의 먼지로 흩날려
초목의 밑거름이 되잖은가

나무와 꽃을 그리다가
바람 앞에 쓰러져 한 몸이 된다면
언제 어디에 누워도 나는 만족하리

사랑 연구소

머리가 어지럽고 두근두근

허공을 딛는 느낌인가요

아니면

세상의 모든 슬픔 혼자 가져

소리를 질러도 풀리지 않고 답답한가요

아무에게도 말하지 못하여

어떤 도움도 받을 수 없는 절망감으로

잠 못 자고 뒤척이시나요

바늘에 찔린 듯 망치에 맞은 듯

절구질에 꼼짝 못 하는 아픔인가요

꿈속에서 소리 질러도

도망치지 못하는 눌림으로

몸서리치는 고통인가요

참을 수 없는데 표시 나지 않죠

이런 아픔은 치유되지 않습니다

활활 타오르는 불길에 들어가서야

비로소 치유되는 사랑입니다

2

분꽃 앞에

허공을 걷는 걸음이라면
발바닥에 철판을 붙여도 뜨고
바위산을 걸어도 헛발 짚는다
바닷물 전부를 부어도
가라앉지 않는 깃털 입은 삶
무엇인가 붙잡아보려고
꽃길에 밀려 찾은 바닷가 모래밭
해당화 꽃가시 날카롭다
걷고 걸어도 남기지 못하는 발자국
어느 곳에 찍어야 뚜렷할까
뒤돌아보는 게 삶인데
아무것도 남기지 못했으니
어디에 이름 써넣고 뒤돌아볼지
물 빠진 바닷가 바위에 앉아
떠가는 비행기 배꼽을 바라보다가
바위 끝에 핀 분꽃과 마주쳤다
그랬구나, 저렇게 앉은자리에서

하얀빛으로 이름을 말하는구나
거친 잎줄기에 끈적끈적한 향기 담아
바다와 땅의 경계를 이루는구나
젊은 향기를 품은 분꽃 앞에
발바닥에 붙은 쇠붙이를 부린다

농다리에서

붉은 바윗돌에서
손가락들이 뻗어 나와 깍지 끼었다
거센 물살 흘려보내며
저항하지 않는 부드러운 힘에
대롱거리듯 강물이 흐른다
한 칸 뛰어보다 두 칸에서 멈춰
바윗돌의 무게를 가늠해 보니
하나로 산을 세우겠다
무슨 힘으로 디딤돌을 놨을까
돌 사이 흐름 속에 대답은 없고
손을 잡아라, 꼭 끼어라
들려오는 소리 가슴에 스민다
상처는 흘려보내고
무게를 나눠 짊어지는 지혜를
하나를 건널 때마다 읊어 가는데
삶의 걸음은 몇 걸음일까
스물여덟 번 뜀뛰기 걸음으로

꽉 짜인 농다리 건너보니
이쪽과 저쪽의 구분이 없어
산다는 건 얼마를 걸어도
누구에게나 똑같다는 걸 알게 되었다

출렁거리는 삶

끝이 시작이다

모래밭에 부린 건 숨 고른 거품

돌아선 자국 남기지 않는다

힘찬 걸음에 따라 드는 건

제풀에 젖은 바람

앞만 보고 달려도 붙잡지 않고

뒤를 향한 발차기가 없다

출렁거림의 삶을

평지에 줄타기로 잠재우고

모래에 닿으나 바위에 부딪혀도

갈매기에 등을 내준다

아는가

손잡고 가는 길에 꽃이 피고

업어주며 걷는 걸음 뒤에

가마가 따라가는 것을

시작의 걸음에서 파도를 마주했다면

앞뒤 재지 않아도

부딪치지 않고 달리는 모습을 보라

그게 삶이다

매화

남쪽 꽃 소식에
승용차 키 집어 들고
운동화 끈 고쳐 매는데
빨랫줄 붙든 아내가
화단에 매화가 피었다고
반가운 목소리를 낸다
신발 신으려다 바라보니
창문에 꽃빛 물들어
아내 얼굴이 환하다
서랍에 키를 넣고
신발을 벗는다

나무는 기대지 않는다

바람이 불어오는 방향은
일정하지 않다
억만년 지나도 약속이 없고
쓰러져 누워도 불어온다
기다림은 생명체 밖의 약속
회피를 모르는 피사체로
자리 지킨다
빗속의 흐름을 따라갈까
눈보라의 차가움을 피할까
뻗어가는 뿌리의 힘은
흙 위로 솟구치지 않는다
새 터를 바라는 것과
힘차게 걸어가는 꿈 없이
허공을 차지하는 힘으로
살아있다는 것을 보여주는 나무
햇볕을 피해 기대는 내게
기대지 마라, 기대지 마라
자꾸 귀를 때린다

청개구리

어느 별에서 떨어져 나온

고도의 슬픔인가

회색빛 단장의 울음

빗방울마다 맺혀 밤을 적신다

어둠은 빗속에 녹아

슬픈 전설 따라 흘러가고

서로를 찾아 몸부림치는

울음의 향연

무겁게 닫힌 창문 두드린다

별빛인 양 가로등인 양

만남의 아쉬움 아직 남아

빗속에서 지워내는 그리움이다

도시의 울타리를 넘어와

아파트 담장에 갇힌 청개구리

그 설움 무엇인지

금단의 땅 차지하고도

속울음으로 밤을 흔든다

여기는 숲을 무너트린 땅
미덥지 않은 숲의 모서리
세상의 창문은 모두 닫혔다

물의 경계

넘보지 마라

여기는 경계의 나라

발 적신 자는 물총 맞는다

아리수 물계단은 일곱

임진강 물굽이는 아홉

둘이 만나 열여섯을 이루지 못하고

색을 바꿔 돌아서는 물머리

옷 벗은 백로가 몸을 씻었는가

물속에 빠진 가마우지 똥 쌌는가

황톳빛 위에 내린 햇살

바람 지나듯 스쳐 가버리고

먹구름빛 고인 물살에

둥둥 떠내려가는 자유의 깃발

뒤따라온 함성은 저 혼자 시끄럽다

물이 물을 만나 한 몸 되고

바람이 바람을 만나 둑을 치는데

여기는 만난 물이 숨죽이는 곳

어울리지 못하는 색깔이
백로 주둥이를 닮아 간다

허공을 걷다

땅에서 하늘을 보는 거나

하늘에서 땅을 보는 것은 같다

공중을 나는 새의 눈이 작은 건

오를 때와 내려올 때의

차이점을 계산하기 위하여

찾아낸 삶의 방법

날개의 힘은 거리 측정에서 얻는다

하늘 향한 빌딩 꼭대기에서

밧줄 하나로 내려올 때

두려워서 눈 감지 않는다

아래의 착지점을 외웠으면

감으나 뜨나 계산된 걸음은 맞는데

의외의 장면이 두렵다

공중을 향한 창문 속은 요지경

존재하지 않는 삶 밖의 물건과

익숙하지 않은 풍경이 엉켜

위아래를 잊게 한다

본 것은 그 자리에 잊고
귓구멍 틀어막은 허공의 걸음을
손가락질하지 마라
바람에 찌든 때와 빗물에 젖은 흔적
온몸에 발라가며 밧줄 타는 건
눈높이 맞추려는 게 아닌
꽃 핀 세상을 보여주기 위함이다

소리의 풍경 속에서

희끗한 머리카락 날리는 원탁
한 여인의 목에서
옹기확에 보리 가는 소리
넓은 유리에 부딪혀
창에 기댄 과꽃을 흔든다

툇마루 긁는 재떨이 소리
빨랫줄에 앉은 참새가 달아난다
유리그릇에 구슬 굴러가는 소리
천장에 매달린 조명등이 숨죽인다
오르막길 달리는 오토바이 소리
탁자 위 찻잔이 흔들린다

소리에 소리를 더하여
소리로 가득 찬 한낮의 찻집에서
조곤조곤 들리는 어머니 목소리
격살무늬 창살에 줄줄이 꿰여

시골길을 달린다

아직 철이 들지 못한 귓구멍인데
어머니 일생은 기억에 남아
소리 속에서 찾은
가슴 파내는 그 목소리
빈 잔에 가득 고여 목을 적신다

호수

강물의 평화를 깨는 건
빗물
너의 창에 화살을 겨눈다

버드나무 가지를 붙잡은 건
흙탕물
너의 그림자 뒤집어쓴다

새가 날아간 자리는
용수철
뜀뛰기를 멈추고 너에게 간다

폭포와 강물이 만나면
강물
너의 이름 위에 내 이름 쓴다

이윽고 하나로 만난

강물
흐르다 멈춰 너와 호수가 된다

귀를 걸다

귀를 파내어

천년 은행나무에 달아 준다

왼쪽에는 광장의 쉰 노랫소리

오른쪽엔 태극기 펄럭이는 소리

가운데 자리 잡은 난장의 풍자

어느 쪽을 열어도

된소리의 장단에 중심을 잡지 못한다

바람 타고 달린 길 얼마인지

말달려 달릴 길 얼마인지 모르는데

제자리에 선 나무는

어디까지 보고 듣는 걸까

계절의 변화는 소리가 없어

귓구멍 크게 열어도 들리지 않는데

눈 없는 고목이 볼 수 있는 건

노랗게 물들어 가는 광장뿐

사방으로 뻗은 가지 손목 꺾였다

천년을 살 수 있는 건

보지 않고 듣지 않아서일까
제자리에서 하늘과 통한 나무에
내 귀를 걸어주고 돌아서니
눈앞이 환해지고 땅이 크게 열린다

어깨

연못가에 앉아 물속을 들여다봅니다
물속에서 위를 바라본다는 것은
참 힘들어 보입니다
붕어 잉어 향어
어울려 위를 보는데
꼬리 내림이 힘들어 보입니다
아무것도 가진 게 없다는 것을 아는지
눈을 맞췄다가 흩어지고
손짓하는 내게 다시 눈을 맞춥니다
종이 다른데
거리낌 없이 비늘 맞대는 고기들은
서로 눈빛을 읽습니다
수염 끝에 붕어가 닿아도
잉어는 아랑곳없이 앞장서고
줄지어 헤엄치다 둥그렇게 뭉칩니다
사람에게선 저런 모습 볼 수 없습니다
화려하게 치장하고 경계하며

서로 피하는 사람들은

칼바람 부는 거리에서

어깨 부딪치지 않으려 비껴갑니다

소리 깎기

카페에 앉으면 귀가 둥글어진다
직각의 울림이 서로 부딪쳐
모서리를 깎아내고
쫑긋한 귀를 둥글게 만든다
사각 탁자의 네모난 소리는
여학생들의 수학 이야기
원형 탁자의 둥근 소리는
부부들의 세상 이야기
내리깔리는 중년 남자들의 푸념
소리는 소리를 깎아 휘돌다가
커피잔 속에 잠긴다
커피와 홍차 주스와 유자차
잔마다 담긴 이야기 속에
세모의 삼각뿔이 없고
네모의 보물 상자 보이지 않는데
둥근 소리만 굴러다니는 카페
옹달샘 없는 귓속 어디에

소리 섞는 샘이 있는 걸까

목덜미 타고 흐르는 말들이

척추를 누르고 귀는 수평을 찾는다

삶의 셈법

얼기설기 지푸라기옷 입은

병동 소나무 그림자가 길어진다

해 기울기는 각도 따라

길어졌다 짧아졌다 반복하다가

눈 내린 오후의 짧은 햇살에

그을린 생명을 늘린다

화단 끝을 밟았다가

15층 꼭대기에 올라 기우뚱

하늘 한 번 올려다보고

옅어진 햇살은 바라본 만큼

짙어졌다가 어둠에 든다

불빛 밝혀진 병실마다

생의 길이를 재는 눈금이

혈압계에서 종이로 옮겨지고

맥박은 손목 타고 청진기로 흘러

처방전에 그려지는 하루

또 하루를 연장한 삶은

소나무 그림자만큼 늘어나

보고서에 써진다

남은 생과 보낸 생의 셈법은 없어도

누구나 그려야 하는 삶의 그래픽

지푸라기 하나의 힘은

삶을 묶어주는 동아줄이다

춘수의 꽃

담장에 기댄 꽃은
꽃이 아니다
색에 색을 입힌 꽃은
꽃이 아니다
허무의 옷을 입은 꽃은
꽃이 아니다
남의 입에 오르는 꽃은
꽃이 아니다
꽃을 꽃이라 부르지 못하는
이름의 순서를 무너트린
춘수의 꽃
이름 불러주거나
이름을 지워도
이름만 남은 꽃
꽃이 아니어서 이름을 부른다

새들은

겨울에도 새들은 굶지 않는구나
갈대씨앗을 쪼고 바래기풀씨를 찾는구나
더러는 얼음 밑으로 들어가
움츠린 고기를 낚고
사람이 버린 하수구 찌꺼기 맛있게 먹는구나
영하 20도 추위 속에서 창문을 봉한 사람들
이야기를 듣는구나
누구는 선거에 나가
낮말 듣는 새 귀를 잊고 속닥거리고
밤 말 듣는 쥐 귀에 조곤거리는 걸
주저리 읊어대는구나
누구는 정치판에 뛰어들어 패가망신하였다고
누구는 주가조작 하려다 쇠고랑 찼다고
저희끼리 주고받다 배가 고프면
얼음 알갱이 쪼아 먹으며 추위를 견디는구나
사람보다 지혜롭고 착해 들은 말만 지저귀고
거짓도 속임수도 몰라 속기만 하는구나
새들은…

지게

땅 짊어질 소나무 찾아
숲을 헤매던 아버지 등은
지게에 맞게 휘어졌다
작대기 깜 고르며 뒤따르던 나는
뻣뻣한 허리에 지게가 맞지 않아
살가죽 파고드는 아픔에
핏물 마르기도 전에 드러누웠다가
여물통 힐끗거리는 송아지 소리에
꼴망태 걸치고 산기슭을 헤맸다
뽕나무에 오디 열리고
비릿한 가죽나무잎도 먹을 수 있더라
누에가 자라 실 뽑는 모습을
수첩에 적다가 터진 살갗에 공이 박히고
등에 달라붙은 지게는 들판을 업어
처가 신방에 들여놓았다
늘그막에 얻는 손자 무릎에 앉히고
부채질해 주던 아버지

주름살 펴지 못한 채 지게를 벗어놓고
가벼운 걸음으로 산에 가시던 날
뻐꾸기는 하루 종일
아버지의 길 따라가며 울어대다가
하늘 비켜난 소나무 가지에 풀었다

푸른 피를 닦다

바람 없이 풀이 눕는다
예초기 칼날에 휩쓸려 달아나고
풀이 흩어져 눕는다
풀이 눕고
일시에 퍼져가는 푸른 핏줄기
시퍼런 향기가
언덕 넘어 온통 공원을 차지하여
푸르게 푸르게 외친다
붉은 피의 정의는 폭력
푸른 피를 짓밟는 쇠발굽
그늘이 밀려간다
이팝나무 우듬지가 높아진다
돼지풀 바래기의 아우성과
권율의 칼날이 휩쓸고 간 공원
햇볕 아래 우뚝한 부용화
머리에 뿌려진 푸른 피를 닦는다

3

희망

억새 모가지 뻣뻣한데
버들개지 눈 떴다
복수초가 녹인 얼음만 한 세상에
내 발자국은 어디까지 찍은 거냐
수많은 발길에 밟힌 질경이
새롭게 돋아나 파릇하고
돌 틈 쏙 더미에 햇살 가득한데
바람 타고 걷는 나는
어느 자리에 발자국 찍었는가
참새 울음 반겨 듣고
학 걸음에 춤추던 때는
그림에서 지워져 희미하다
삶은 가도 가도 무게가 없고
갈댓잎이 기대어 와도 힘겹다
귓구멍 막아도 윙윙거리고
눈 감아도 어른거리는 겨루기
어떤 샅바를 잡았었는지도 잊었다

이제는 한 발짝도 물러서지 못할

협곡에 갇힌 여정

아직 빼꼼히 뚫린 하늘이 밝다

팽창의 종소리

수액방울이 끌고 가는
시간은 느리다
같은 무게로 혈관을 유영하며
멈춘 피돌기를 깨우지만
앞서가는 시간을 놓친다
한 걸음 뒤에 선걸음은 서럽다
말라버린 눈물 속에 소금기는
피부를 절여 주름 만들고
뼛속에 고랑을 판다
속에서 일어나는 바람
윙윙거리며 할퀴고 지난 곳마다
아물지 않는 상처를 남긴다
삶은 정해진 것일까
시작 지점이 뚜렷한데
벌써 다다른 종점
댕강댕강 떨어지는 수액 속에서
크게 울리는 종소리
압축된 병실은 팽창의 중심이다

두더지와 지렁이

입구 끝에 출구가 있다
쫓기는 자와 쫓는 자의 씨름이 아닌
벽을 뚫으려는 욕망이
햇빛을 잊은 채 지하도를 팠다
직선의 용맹과 곡선의 망설임이
원형의 입구를 만들고
차단 된 빛을 등불로 대신하는 지름길
바로 세운 출구엔 독선이 남는다
눈 감은 두더지의 삶과
눈 없는 지렁이의 생존을 본떠 그린
대척점에 찍힌 설계도의 중심은
빠름을 위한 속도계가 자리 잡고
우회의 변두리는 보이지 않는다
느림은 변곡점을 위한 셈법
생의 절반은 느림 속에서
앞서가려는 성급함이 뚫은
출구가 훤한 지하도
남은 절반이 빠름을 독촉한다

꽃잎

이별의 눈물은
얼마큼의 힘을 주는가
투명 유리판을 붙든 벚꽃잎
거센 바람에 놓치지 않는다
지구의 한쪽을 들겠다는 기세로
제 자리에서 꿈쩍하지 않는 고집
해 뜨는 방향에 머리를 두고
지나온 선을 그린다
시집갔다 돌아온 누님이 그랬다
옷가지 하나 챙겨오지 못했다는
어머니 성화에 고개 숙이고
핏덩이 두고 어떻게 살겠냐는
따듯한 할머니 말에도
대답 한번 없이
온갖 일손을 놓지 않았다
쇠고집 억순이 팔자 센 년
어떤 말도 넘겨버리는 과꽃이었다

서릿발 돋운 채 누워버리던 날
꽃잎 하나 외로이 장독대에 끼어
고집스럽게 뒷마당을 지키고 있었다

샅
바

휘어지지 않았다면 강이 아니다

구부러진 등으로 산을 업고

유유히 흘러가는 강을 보라

우리는 각자의 길에서

나눔의 여유 없이 직선을 고집했구나

저마다의 길에 서서

들뜬 눈으로 불 밝히고

보이는 것만 보았구나

흘러가며 소리 내지 않고

작은 것을 받아들여 큰물을 이루는 강

시끄럽게 딛는 우리 걸음은

물가에 잠시 멈춰 그림자 비췄을 뿐

들려주는 이야기 한마디 듣지 않았다

서로를 위하여 손 내밀고

누구의 삶에 등 내어준 적 있었던가

작은 것들끼리 모여

등에 기대어 힘자랑하고

크기를 뽐내는 것들은
서로 흩어졌어도 풀어진 살바 놓지 않는다
강물에 든 산을 보라
저렇게 이룬 평화를 누가 깨뜨릴 수 있는가

산다는 건

강물 따라 흘러가는 고기는

분명 죽은 고기다

산다는 건

강을 거슬러 올라가기

잠시의 멈춤으로 뒤처진다면

시작한 걸음 되밟는다

올려다본 봉우리가 정상이 아니라도

그치지 말고 올라가라

손에 닿은 만큼 주어지고

밟을 수 있을 정도 가지는 것

남의 것은 허상이다

삶은

얻기 위하여 헤엄치는 게 아닌

살기 위해 앞으로 나가는 것

잠시도 멈출 수 없다

구름은 거둬내고 형상은 품어라

그 속에 꿈이 있었다는걸

알아주지 않아도

삶은 죽을 때까지 움직여야 하는

강물 속 물고기다

신 마당놀이

직립보행을 택한 사람들이

네 발 뜀뛰기 놀이로 잔디밭을 구른다

말문 닫고 듣는 문을 열었다

보는 건 달리고 뛰는 것뿐

소리에 들어있는 음향의 구분은

제 걸음에 나누고

앞서 뛰는 네발짐승 숨결 따라

들숨 날숨을 조절한다

땀구멍 없는 짐승은 헐떡거리고

땀 적신 사람은 주저앉고

잔디밭에 울려 퍼지는 숨쉬기

네 발의 첫걸음 잊지 못하고

두 발 뜀뛰기가 싫증이 나서

주고받는 소리까지 닮아

물그릇과 물컵의 구분이 사라졌다

숲에서 걸어 나올 때 불던 휘파람 따라

사람 곁을 지켜주고 평안을 얻은 개

이름 뒤에 '님' 자가 붙고
자연이 그리워 숲을 찾는 사람은
이름 앞에 놈 자가 붙는가
놀이판에 어울려 주인이 바뀌었다

축제

제자리에 열매 맺고
휘날리는 꽃잎 따라 춤출 수 있다면
당장 하늘에 오르리
노랑에 물들어 손 흔들고
빨갛게 취해 들썩거리는 어깨 위에
꾀꼬리 소리 앉아 부추긴다
풀린 다리에 휘감긴 향기
물속에 흘러드는 공원
느티나무 새잎만큼 여름이 자랐다
눈빛으로 가늠했던 계절의 걸음
살갗에 새기기 전에 뛰어가고
뒤에서 바라보다 놓친 꽃그림자
진초록빛에 지워졌다
꽃으로 말문 트다 입 다물고
잎으로 꽃 지워 새를 품은 대공원
뒤꿈치 들고 걷는 걸음이 꽃잎을 밟으며
성큼성큼 숲으로 향한다

공존

사냥꾼이 있을 땐 숲은 새의 생명줄
창공을 향해 솟구칠 때는 숲은 훼방꾼
삶의 터전에는 극과 극의 모순이 엉켜
어떤 것을 먼저 선택하느냐에 따라
길이 정해지고
소유와 무소유의 경계에 선다
얻는 것에는 잃은 만큼의 대가가 있고
잃은 것에는 얻은 만큼의 비례가 있다
사는 것과 죽음 사이에는 벽이 없는데
왜 담을 쌓는가
방어의 철조망은 자신을 가둔다
오늘과 내일 사이에 밤은 평등을 위한 것
삶은, 어둠과 빛이 함께 한다

병꽃의 물을 재다

줄기차게 내리는 빗방울이

병꽃 속에 몇 방울이나 들어갈까

물까치 무리와 섞여

눈 부릅뜨고 바라보니

한 방울 떨어지면 금방 고개 숙이고

쏟아진 물이 잎을 탄다

빗방울 하나 무게를 이기지 못하는데

누가 병꽃이라 이름 지었을까

개불알꽃 광릉요강꽃 며느리밑씻개꽃

까치수염꽃 광대나물꽃

생긴 대로 이름이 지어진다면

무엇으로 사람 이름 지을까

키 크다고 장대 키 작아서 뭉치

뚱뚱하다 뚱뚱이 날씬하다 날쌘돌이

모양과 습성으로 지어진 이름대로

한 사람의 삶이 따라간다면

이름에는 분명 삶의 무게가 실렸다

많이 가지고도 빈곤하게 사는 사람
없어도 남을 돕는 사람
어떤 사람은 돈을 쌓아놓고
방안에서 죽었으니 자린고비인가
물방울 하나 담지 못하는 병꽃은
이제부터 접시꽃이다

갈등

꽃과 꽃 사이에 강이 흐른다

돛 없는 나룻배에 올라

물길에 맡긴 흐름

왼쪽으로 가다가 오른쪽으로

오른쪽으로 틀었다가 다시 왼쪽으로

방향 정하지 못한 망설임

색깔 무시하고 모양 외면한 얽힘으로

바람은 멈춰 갈길 묻는다

어느 이름 불러도

양쪽에서 들리는 대답

두 귀의 문은 여닫이가 되었다

가운데에 멈출 수 없고

어느 쪽으로 가지 못하는 흐름

하류의 물 턱은 너무 가깝다

몸짓은 가지 꺾인 미루나무 되어

끊어질 듯 이어지는 바람 등지고

물 젖은 걸음 접었다

어느 쪽으로 정해도

한쪽을 외면하지 못하는 쪼개진 이념

전망대 어귀에 닻을 내려

한눈에 바라본 양쪽 하늘은

똑같은 양으로 높이가 같다

선인장

그는 사막을 모른다
적응하지 못하는 대화
독선을 고집한다
귀 막고 눈 감아 버리고
신발장을 정리한다
창문에 흐르는 빗방울이 유일한 친구
버린 우산을 찾지 않는다
차츰 말라가며 돋친 가시에
날카롭게 맺힌 말씨
물기 없는 진흙에 던질 뿐이다
아무도 접근하지 않는 혼자의 삶
전화기의 음성마저 닫혔다
큰바람에 비틀거릴까
먼 손길의 부름 외면하고
날마다 커지는 가시 끝에는
읽을 수 없는 사연이 날린다
창밖에서 그를
사막이라고 부른다

소리의 길

소리가 소리와 부딪치면
잡소리가 된다는 걸
창가에 앉은 참새에게 배운다
사랑의 속삭임
우정이 넘치는 친구의 다정함도
찻잔 앞에서는 모두 시끄럽고
부딪치는 눈빛에서도
일그러진 소리가 울리는 카페
사람과 사람이 마주 앉아
돌멩이 부딪치는 소리 낸다
살아가는 길은
울림을 따라가는 것일까
열린 창문에 닿아 울리는 음색 따라
가는 길이 정해지는 걸까
부딪쳐 일그러진 소리가
참새의 귀에 담겨 갈갈거리는 카페
삶이 쉬어가며 내는 소리로
영문 간판이 빛난다

나리

간밤 좋은 꿈 꾸셨습니까

나으리

오늘은 아침이 상쾌합니다

훤칠한 키에 우람한 풍채

나리는 고을의 우상입니다

어떻게 해야

나리를 닮을 수 있는가요

글 읽는 소리 따라 외우고

백지에 쓰다 버린 글자 아무리 써 봐도

흉내조차 낼 수 없습니다

아궁이 앞에서도 불길을 모르고

장작을 패면서도 나이테를 모르는

무지렁이 이놈은 그저 나리의 종복

아침 이슬에 젖은 마당이나 쓸지요

나리 나으리

그 많은 책 어떻게 다 읽고

세상 이치에 만사형통하십니까

나라의 기둥이요
집안의 대들보이십니다
새벽에 일어나는 소인의 눈엔
나리만 한 꽃이 없고
나리만큼 큰 어른이 없습니다
세상 사람들 모두가
나리의 뒤를 따른다면
나라가 융성하고 백성이 편할 텐데
저 많은 선비는 대체 뭘 하는지요
소인은 도무지 알 수가 없습니다

사다리

수확 끝난 보리밭 건너

우거진 뽕나무가 흔들린다

햇볕이 누워버린 메마른 밭에는

일으켜 줄 까치 한 마리 없는데

뽕나무 그늘은 시원할까

찾아가 보니 그새 멈춰버린 바람

아쉬워 돌아본 밭두렁엔

개망초가 흔들린다

땀방울 닦아내고 올려다본

먼 하늘은 구름에 가려졌고

머리 위의 하늘은 이글이글

그림자를 밟고 서서 바람을 불렀다

속에 똬리 튼 존재를 잊고

멀리 지나는 바람만 원했던 삶

가지려 했던 것은 언제나 멀고 멀어

이젠 사다리가 필요하다

한쪽 신발 뒷굽이 닳고 닳아

절뚝거리며 걷는 내 모습에
손가락질했을 사람들의 눈빛이
가슴 속에 불꽃을 일으킨다

문자도 文字圖

사랑의 모양을 꽃이 그린다

왼쪽 오른쪽 얼굴을 보여주며

말의 방향을 읽게 하고

숙였다 들었다

밤새운 꿈을 펼친다

넓게 보인다고 큰 게 아니고

작게 보인다고 작은 게 아니다

품은 만큼의 자리보다

펼친 만큼의 넓이가 사랑의 크기다

마주할 때 기억한 모습 그대로

헤어질 때 간직한 추억으로

흔들리면서, 흔들리면서

바람 띄워 꽃잎에 쓴 문자

지워지지 않는 화석으로

너에게 읽힌다

서 있는 곳에 남긴 발자국 지우지 마라

사랑의 지도는 꽃이 그리고

전하지 못한 고백은 꽃의 색깔로
바람이 그려준다

비둘기

무슨 설움 끓이느냐

햇살 지운 숲 그늘 울음으로 채워

눈물 가득한 가마솥 만들고

장작불 없이 끓게 하느냐

매듭 풀린 동학의 원한 대나무 되고

동족상잔의 피비린내는

한강 물이 보듬어 대신 우는데

방음벽에 그려진 매 발톱은

나뭇잎 하나로 지워진다

무섭다고 하지 마라

꽃은 바람에 날린 순간 꽃이 아니어서

떠난 님 이름 쓸 꽃 없고

분수 꼭대기에는 구름이 앉는다

그만 그쳐라

가뭄 끝에 거둔 메주콩 삶는 소리에

망설이던 장맛비 달려 올라

4

말
다
래

쓴 일이 없는데 다 쓰고 말았다

남은 게 너무 많아서

허리끈 조이지 않았는데

줄줄 흘러내린 바지가

엉덩이 끝에 걸려 신발을 찬다

보이지 않는 손길이

환상을 펼쳐주고 말았다

받았다는 사람 없이 끄집어낸 기억

어디에서 누구에게 줬을까

소 나타고 산천을 돌아본 적도

말 몰아 경마장 달린 적 없는데

온몸을 더듬어 봐도

나부끼는 먼지만 탈탈 떨어진다

이제 뭉텅한 살덩이만 출렁이고

관절마다 삐걱거리는 소리만 들리니

한 걸음에도 흙이 튀는 진탕걸음

비단벌레 잡아 말다래 만들까

철판 두들겨 방패 만들까
쏘아 올린 화살 찾기는 늦었으니
허벅지까지 바짓가랑이 걷어 올리고
반걸음도 재보고 걷는다

좌표

빗소리는 그리움을 깨운다

콩잎에 앉을까

망초꽃에 앉을까

망설이는 흰나비 날개에서

스멀스멀 피어오르는 얼굴

양철지붕에 떨어지는 소리로

멀어진 기억을 일으키고

유리창 두드리며 부른다

어디에 고였다 한꺼번에 일어났을까

빗방울 부딪치는 소리

낙숫물 떨어지는 소리

피어오르는 안개에 흩어졌다

물컹하게 안겨들어

가슴 깊은 곳에 불꽃 일으킨다

잔디밭에 참새가 남긴 발자국

빗속을 날아가는 나비 날갯짓

그림자 없어 보여주지 못해도

그 얼굴은 지도에 찍힌 좌표
너른 곳에서 펼쳐보는 안식처
세찬 빗속에서도 밝게 빛난다

계단

첫 번째 칸에서
손잡아 주는 어머니 목소리
조심조심 오른다

둘째 칸에서
밥 먹여주는 어머니 손길
길이 훤히 보인다

셋째 칸에서
회초리든 아버지 목소리
후다닥 뛰어오른다

넷째 칸에 오르니
앞뒤 모르고 뛰는 걸음에
학교 종소리가 재촉한다

다섯째 칸에서
친구에게 뒤처졌다

재빠르게 앞서 오른다

여섯째 칸에서
비로소 보이는 앞과 뒤
빗길과 눈길이 가려진다

일곱째 칸에 오르니
소리 찾는 귀가 커지고
눈앞이 희미하다

여덟째 칸은 아버지의 칸
먼저 올라간 모습이
손에 잡힐 듯 가깝다

몇 칸 더 오를 수 있을까
위를 바라보니 두 칸이 보이는데
거기엔 아무도 없다

까치발

네잎클로버 찾지 말아요
행운은 찾아지는 게 아닙니다
초원에서 뛰노는 까치를 보세요
우연은 없습니다
한 걸음에도 최선을 다하고
이웃을 살피며 걷습니다
얻으려 하는 것보다
나누는 게 많아야 그게 행운
비 그친 오후 햇살은
우산을 접어야 받지요
눈에 보이는 게 없어도 까치는
동동거리며 먹이를 찾고
눈 밝은 매부리를 피하지요
저렇게 많은 무리에서
뒤처진 놈은 없습니다
일제히 날았다가 나란히 내려앉아
잔디 사이의 벌레를 찾아도

쫄 때마다 행운이라 하지 않지요
앞과 뒤를 측량하지도 않습니다
삶은 그런 겁니다
나 하나가 아닌 너를 위한 희생
까치는 그것을 행운이라 말해줍니다

아스파탐

바위가 단맛을 낸다면
가루로 만들어 먹고 모래똥 쌀까
명품 옷가지에 중독된 사람들은
가격을 잊고 지갑을 연다
색상과 모양의 값어치는
소유의 만족감에 있어
어울리지 못하는 명품은 없다는데
알아보지 못하는 사람은 눈 뜬 봉사
보고도 알지 못한다
혓바닥에 솟은 미뢰의 수는
누구나 같은데도
맛을 찾아내는 능력은 전부 달라
쓴맛이 강하다고 단맛이 적다고
제각각 다른 말을 내놓는 사람들
사탕수수에 파고든 뜨거운 햇빛과
사탕무 속에 들끓는 땅기운은
황홀한 단맛 속에 함정을 파놓은 것
설탕 찾아다니다 피오줌 싼다

중심 잡기

기다림의 질량은

연잎 한 장의 부피다

한 방울 한 방울 분산되어

고정된 무게를 나눴을 때

기다림은 꽃이 된다

외줄기로 솟아올라 활짝 잎을 키우고

꽃대로 밀어 올린 꽃의 색깔을

푸른 바탕에 펼친 연

빗방울 쏟아지는 늪의 한쪽을 잡고

떨어진 빗물 가운데 모아

흔들리며 받는 무게를 뒷박질한다

연신 퍼 담고 분산된 물의 질량

한 장 연잎에 그네 타는

그리움이 된다

이어졌다 끊어졌다 허공을 밀다가

연꽃 위에 앉아

또다시 무게가 된다

죄와 벌

과녁을 비껴간 화살
귀를 넘어간 말
맛없어 음식 버리고
있지 않은 말 만들어 내는 건
죄,

장미 꺾다 가시 찔리고
닭 잡아먹다가 목에 걸리고
물고기 잡다 물에 빠지고
꿀 따다 벌에 쏘이는 건
벌,

방 안에 있다가 산사태 당하고
배 타고 가다 뒤집히고
인도를 걷다 차에 치이고
가만히 있다가 소문에 당하는 건
무엇일까

움직이지 않아도 휩쓸리고

부고 받음 없이 바람 타는 것

그게 삶이다

그네타기

천년 고목에 그네를 매어
박차고 뛰어올랐는데
까치 꽁지도 쫓지 못하고
제자리에 내려온다
연 날리던 기억 끄집어내어
높이 더 높이 오르려 발을 굴러도
산기슭에 닿기에는 천만리
거친 숨소리만 가쁘다
허공은 아무것도 없는 빈자리
새가 날아올라 차지한 만큼
내 자리가 있을까
깃털 하나 꼽지 못할 몸에서
욕망의 뼈다귀만 굵어지고
앙다문 입술 갈라 터진다
양발 굴러 다시 차올라도
발끝만 보이는 그네 타기
오르락내리락 시작과 끝을 잊었는데

그네 붙든 고리는 관절 모서리를

둥글게 깎아 먹는다

시간의 줄

울음으로 자리 찾는 매미가
차지한 넓이는
소리의 질량만큼이다
기다리며 참은 울음 뽑아내어
오리나무 숲을 채운 소리의 전당
여름의 무늬는 초록에서
슬픈 전설의 촉촉함으로 짙어진다
귀가 열린 사람아
넓은 그늘을 원하는 당신은
자신의 크기를 아는가
한 마리 매미의 날개보다
한 마리 매미의 울음보다
작은 크기라는 걸
우거지지 않고 차지할 그늘은
딛고 선 발자국만큼이다
당신이 듣는 건 소음이 아닌
가장 성스러운 삶의 축제

죽음을 두려워하지 않는 헌신이
한 생의 허물을 벗는 소리
여름의 뜨거운 시간은
소리가 타고 가는 초록빛 줄이다

불꽃 속으로

푸른 잎에 햇볕 붙으면

파란 불꽃이 핀다

땅거죽 뒤틀리고 돌바닥 들썩이는

땡볕 열기에 바람이 타버린 한낮

까치 소리는 가지에 묶였다

사람들이 찍은 발자국에서

냄비 바닥이 그려지는 공원

어제 본 꽃그늘이 화로가 되어

불꽃의 향연을 피운다

그늘 찾는 걸음이 그늘 만들어

나비 불러 함께 춤추고

땀방울 튀기는 은행나무 아래

웅성거리는 소리

저마다 메마른 입술로 땀을 닦는다

매미 소리 흉내 내고

유행가를 읊조리며 부는 휘파람

뜨거운 열기 속으로 섞인다

벗어젖힌 살갗마다 타오른 불꽃

사람에게 한계는 없다

목이버섯

메마른 모래 밟는 소리를
색종이 찢는 소리로 알아듣는다.
나무 그늘 속 매미 소리를
비행기 이륙하는 소리라고 한다
귓구멍 속에는 오직
동료의 자화자찬이 차지하고
상대방 말은 흘려보낸다
의사당 총총한 기둥은
서로를 의지하는 최후의 보루
국민을 대변하는 말꽃이 새겨져
넓은 잔디밭에 퍼진다
허구의 소식은 바람 타고
정의와 진실이
비에 젖어버리는 여의도
전해진 말이 튕겨
귓속에 흘러들어도
의원들이 매단 목이버섯은

듣는 것보다 바꾸는 기능이 뛰어나

비뚤어진 테이프로 반복된다

남자의 비애

소리가 크면 귓구멍도 커진다

소리 속 소리를 찾다가 깊어진 구멍에

가시 박힌 헛바람 들어

똬리 튼 속삭임 지워버리는 고목에서

암컷의 자리는 잎에 가려졌다

보여주지 못하는 그리움

햇살 잊은 시간의 숨구멍

터울의 차례는 일곱 번의 박자를 맞춰

둥지 없는 방랑의 집을 지었다

나무와 나무 사이는 한 걸음

창문 없는 방마다 내려진 커튼은

목청껏 소리 질러도 움직임 없다

엉기적거리는 걸음에

늘어진 날개로 옮겨 다녀도

단 한 번의 날갯짓으로 묶여 버리는 삶

만남을 위한 걸음에

햇살은 재빠르게 미끄러져 가고

성급한 울음은 항상 뒤처진다
울림소리 키우고 키워도
울음통 없는 짝은 정해지지 않는다
정해진 생의 귀퉁이에 날개 밀어 넣어
시간의 끝을 바라보는 수컷 매미의 비애
암컷의 귀는 열렸다 금방 닫히고
한 번 생의 울음을 끝낸다

깃털

더위 피해 그늘로 걷다가
깃털 하나 보았다
검정 바탕에 흰 줄이 쳐진 깃털
까치가 빠뜨렸나 보다
사는 동안 나는 무엇을 빠뜨렸을까
생각해 보니 헤아릴 수 없다
책가방 속 책은 잃어버렸고
주머니 속 동전을 빠뜨렸다
어느 날엔 빈 도시락도 잃었다
가장 소중한 사랑도 놓쳤었다
이름 적어놓지 않아서인지
내게 돌아오지 않은 그것들은
지금 누구 손에 있을까
내 채취 조금이라도 묻어있을까
깃털 집어 들어 냄새를 맡아보니
알지 못할 냄새가 난다
까치 깃털이라는 믿음이 없는 것일까

땅바닥에 내려놓으니
바람이 훌쩍 뒤집어 놓는다
나 하나 없어져도 세상은
깃털 하나 빠진 듯 모를 것이다

간격

산과 산 사이는 골짜기
섬과 육지는 바닷가 나누고
너와 나 사이에는 간격이 있다
부르면 보지 않아도 들리는 곳에
너는 등 돌려 앉아 소리를 셈하여
넓은 잎을 찾는다
물은 배 타고 건너가면 되고
골짜기는 한번 오르면 그만인데
갈잎 밟고 가는 바람으로 너는
꼭 그만큼 떨어져서 도망치고
따라 뛰는 내 걸음도
떨어진 만큼에서 너를 본다
지구와 달의 간격으로
태양과 지구의 간격으로
더도 말고 그만큼의 거리는 믿음이지만
비구름은 어디에 쏟아질 줄 몰라
안절부절못하는 거지

사람아, 사람아

손이 닿을 그만큼의 간격에서 우리는

서로를 보고 믿었구나

산이 무너져 골짜기가 메꿔지고

지진으로 섬이 육지에 붙어도

우리의 간격은 그대로일까

재보지 않아도 그 거리는

믿음으로 허물지

갈매기는 나뭇가지에 앉지 않는다

암벽등반 중에도
밧줄에 매달려 잠든 사람 있고
비행기 조종사가 깊이 잠들어도
무사히 비행하는데
불난 집으로 뛰어간 소방수는
절대로 물러남이 없으며
병사는 적 앞에서 도망치지 않는다
산다는 건
목적을 이루기 위함이 아니라
모르는 목표를 향해 뛰어가는 것
그곳이 지옥일지 천국일지는
가보지 않고는 모른다
방법은 없다
아무도 가르쳐 주지 않는다
몸에 닿은 느낌으로 더듬어 갈 뿐
늦은 걸음으로도 끝은 볼 수 있다
갈매기를 보라

살기 위해 합쳐진 발가락으로
물을 차올라 날아도
나뭇가지 붙잡지 않는다
편편하고 힘 받쳐줄 곳에 앉아
주어진 만큼의 바다를 지킨다

수의는 주머니가 없다

가진 것 없다고 큰소리치면서
산 뒤에 산을 숨기고
물속에 강을 숨기는구나
처음부터 하나인 것을 둘로 나눠
하나를 빼앗아 또 하나를 만들고
제 이름 새기는 욕망의 삶과
아무것도 없으니 쓸 게 없다며
남루를 쓴 비굴의 삶은
손에 쥔 것을 보지 못하는 바보다
결혼식장의 화환 앞에서 맛본 희열이
장례식장 조화 앞에서 꺼졌을 때
너나 나나, 화환과 조화는
꽃으로 만든다는 것만 알고 있어서
향기의 무게를 모른다
가지는 건 묻어두고
금고 문 닫아버린 삶의 끝은
남은 자들의 입술에서 녹는 것

하나를 얻으면 두 개를 써라
수의는 주머니가 없다

높이의 부력

물은 높이의 기준이다
낮은 곳으로 흘러 이룬 수평으로
세상의 높이를 받친다
신분의 차이가 빈부의 차이가 아니듯
높낮이는 정해지지 않는다
봉우리에서 흘러
한자리에 모일 때까지
직선을 고집하지 않는 물
굽이굽이 소용돌이 만들고
곡선에서 손잡고 술래가 되어
하나를 이뤄 평등을 만든다
하늘에 올라 다시 내릴 때까지
둥둥 떠다니며 살피다가
측정한 양만큼
마른자리 적시고 높이를 띄운다

추락 위험

가장 낮은 곳을 걷고 있다면
두려움을 모른다
새는 내려오기 위해 날고
구름은 비 뿌리려고 옮겨 다닌다
지구 가장자리는 없는데
적도의 뜨거움을 걱정하는가
올라가면 내려와야 하는 것
공중에 올랐다고
자리 차지할 수 있겠나
땅에 있으나 허공에 있으나
그 자리가 제자리
낮은 곳에서는 추락하지 않는다

경직된 언어는
특수한 언어의 집합만 남는다

시의 기본 문법은 변형문법이 우선한다. 언어의 창조적인 차원, 즉 하나의 언어를 지배하는 시인이 무수히 많은 문법적으로 정당한 새로운 문장을 창조해 내는 그러한 언어 현상을 합리적으로 설명하기는 불가능하다. 지금까지의 언어학처럼 경험적인 사실로 주어져 있고 관찰할 수 있는 특정한 언어의 음운적인 요소나 문장적인 구조로 묘사하는 것, 배우지 않고 경험하지도 않은 채 새로운 문장을 창조한다는 것은 있을 수가 없다. 언어에 익숙한 시인들도 경험하지 않고 익히지 않는 것을 언어로 묘사한다는 것은 어렵다. 독서를 통한 간접적인 체험이라도 거쳐야 창조적인 언어가 분출된다. 그런 이유로 변형적인 문법이 앞서게 되며 하나의 단어를 여러 가지로 해석하고 그 해석으로 얻은 이미지를 다른 곳에서 차용하는 방법을 쓰는 데 이렇게 쓴 문장은 반드시 변형으로 이뤄지게 되는 것이다. 익숙한 언어를 변형하여 새로운 문장으로 만들기는 쉽지 않다. 말해보지 않고 들어보지 않은 것을 마음대로 만들 수 있다면 진정한 창조자라고 할 수 있으나 그러한 경지에는 오르지 못해도 시인이라면 어떻게든 그런 경지를 위한 언어의 창조를 원한다.

언어의 가장 기초적인 통일체를 변형함으로써 무수히 많은 문장을 만들어낼 수 있으나 하나의 언어에서 탈피하지 못하는 일반적인 생각으로는 항상 제자리걸음일 뿐이다. 따라서 얼마의 차이를 두고 언어를 변형하는가에 따라 성공 여부가 결정된다. 변형문법은 우선 직관적으로 주어져 있는 언어적인 권능의 구조를 드러내고 설명하려고 시도한다. 언어적 권능은 늘 새롭게 문장을 형성하는 잠재적인 무한한 창조성으로 또는 문장 형성의 정당성과 부당성의 기준으로, 구체적으로 나타난다. 언제나 완전하게 정상적일 수 없는 실현을 위한 기반을 만들어가려는 시도를 멈추지 않는다. 일반적인 언어에서 탈피하여 새로운 언어를 만들려는 목적으로 자신을 드러내는 것이다.

시인의 최대 목표는 명작을 만들어내어 누구나가 알아보는 누구나가 읽으려 드는 그러한 작품을 쓰는 것이다. 그렇지만 그것을 이루는 데 일반적인 언어가 동원된다면 아무런 성과가 없다. 특정한 언어를 표현한 문장의 밑바닥에 보편적인 문법이 있다는 사실을 놓치지 말고, 그것을 기반으로 새로운 문장을 만들어야 한다. 전통적으로 내려온 구조주의 언어를 배제하고 특정한 언어를 찾아야 하는 것이다. 예를 든다면 "산이 높다"를 "산이 깊다"로 "바다가 넓다"를 "바다가 좁다"로 표현하여 문장을 끌어간다면 거기에 따르는 새로운 이미지가 생겨나 종래의 이미지를 완전히 탈피하는 효과를 얻게 된다. 구조적인 언어요소의 범주에서 말하는 사람이나 듣는 사람이 보편적인 언어적 권능의 규칙을 깨트리는 것이다.

사람의 이성에는 단순한 언어 실현의 저편에 숨어 있는 언어 규칙의 권능이 있으므로 이를 깨트려야만 창조적인 사상이 내포된 새로운 언어가 만들어진다. 그래서 시인을 일반인과 다르게 바라보게 되며 언어의 창조자라고 부른다. 그렇지만 사람의 이성에 자리 잡은 보편적인 문법 규칙을 깨친다는 것은 실로 어려운 일이다. 노벨문학상을 받은 한강의 작품에서 그것을 확인할 수가 있다. 전혀 새로운 언어가 있는 것이 아니라 새로운 작법이 있을 뿐이다. 상처를 더욱 진하게 하는 심리적인 효과를 극대화하여 대중의 기억을 일깨우는 역할에 그쳤다. 하므로 시를 쓰면서 변형의 문법을 찾기란 어려우므로 기존의 문법을 따르되 이미지의 새로움을 위한 문장의 순서를 바꾸고 언어의 역할을 분산시키는 것이 중요하다.

시는 지시 대상의 단순한 묘사가 아니다. 그것이 지시하려는 사물에 붙은 이름표가 아니라는 것이다. 시는 현실을 묘사하는 것이 아니고 현실을 창조한다. 이런 기본적인 사상이 현대의 모든 문학에 지대한 영향을 끼쳤으며 언어학적인 전환을 가져왔다. 기호에서부터 시작한 시가 언어학적으로 다듬어져 기호와 개념의 지시 대상의 삼각관계로 설명되는 이유는 현실을 창조한다는 것에서 나왔다. 언어의 체계와 발화의 대립과 상호 관계를 통해서 시는 발전하였고 영감을 통해서 얻은 실증적인 방법을 통해 사물과 사유의 만남으로 이어지는 관계를 표현하게 된다. 시가 현실을 특수하게 해석하고 드러내고 우리가 이해하는 현실을 창조한다는 것은 말놀이에 의한 담론의 형식을 가진다. 담론은 어떻게 해서 말의 의미가 만들어지는가의 통상적인 이론이다. 의미는 사물에서 오고 그 사물은 낱말에 의해서 묘사된다는 것이며 또한 의미는 보편적인 관념에서 오며 보편적인 관념은 낱말에 의해서 표현되고 낱말의 의미는 이미 존재하는 관념에서 온다는 것이다. 그러나 언어의 의미는 고정적 또는 실증적으로 존재하는 사물이나 관념에서 규정되는 것은 아니다.

언어의 의미는 그물과 같은 얽힘에 의해서 드러나게 된다. 이런 이유로 시 쓰기가 더욱 어려워지는 이유가 된다. 기존의 시작법은 그대로 따라 하면 되었다. 전통적인 기법의 호흡을 그대로 받아들여 모방적인 묘사를 한다면 하나의 작품이 되었다. 문제는 현실을 창조하려는 의도가 증폭되어 아무나 쓰지 않는 누구도 쓰지 못하는 시를 창작하려는 의도에 의해서 언어 이전의 언어, 즉 기호적인 시작법이 동원되는 데 있다. 어떤 사물을 설명하는데 원인과 근본을 드러내는 것에 그치지 않고 새로운 이미지를 만들어내려는 의도에 의한 하이퍼적인 묘사를 구사하려 든다. 역사적인 상황, 사회적인 관습과 제도의 실천을 넘어서려는 돌출된 해석이 난해한 시로 나타나 독자들을 혼란하게 하고 의미를 해석하지 못하는 극지의 상태를 만든다.

시는 말의 의미를 결정하고 사유와 삶을 지배한다. 따라서 보편화를 넘어 경직화시키는 의미를 만들어낸다면 특수한 언어의 집합만 있을 뿐이다. 시의 언어는 이상적인 언어도 없고 언어의 보편성도 없어야 한다. 방언이나 은어와 속어들이 혼합되는 것은 어쩔 수 없다고 하여도 기준을 넘는 언어는 바람없이 사라지게 된다. 동질적인 언어사회가 존재하지 않듯이 이상적인 언어도 있을 수 없다. 오직 현실적인 언어만 남는다. 언어의 의미는 사물의 본질과 긍정적인 연결을 통해서 나타나게 되는 것이 아니라 부정적인 관계에서 드러나게 되는 예가 많다. 붉음은 노랑이 아니고 푸름이 아니라는 식으로 계속 이어진다. 붉음에 대한 긍정적인 정의를 내리는 것은 외면한 채 부정적인 가능성만 계속 나열한다면 의미가 없어진다. 시의 언어에서 말의 의미는 긍정적이고 고정할 수 없다. 말의 의미는 다른 말들과의 구별, 또는 차이를 통해서 드러나기 때문에 고정될 수 없이 늘 열려 있는 성격을 가진다. 시의 낱말에서 중요한 것은 소리 그 자체가 아니라 그 낱말과 구별시켜 주는 영적 차이다. 언어는 사회적인 약정이므로 발음기관에 의한 소리와는 구별되어 언어예술인 시는 개인적인 습득의 산물에서 벗어난 공통의 언어라는 것을 알아야 한다.

갈매기는
나뭇가지에
앉지 않는다

초판 인쇄   2025년 2월 28일
초판 발행   2025년 3월 5일

지은이   이오장
펴낸이   김상철
발행처   스타북스
등록번호   제300-2006-00104호
주소   서울시 종로구 종로 19 르메이에르종로타운 A동 907호
전화   02) 735-1312
팩스   02) 735-5501
이메일   starbooks22@naver.com

ISBN   979-11-5795-766-8 03810